© Asun Balzola
© Ediciones Destino, S.A.
Consell de Cent, 425. 08009 Barcelona
Diseño de la colección y maqueta: Eugenia Alcorta
y Rosaura Marquínez
Primera edición: noviembre 1984
Segunda edición: octubre 1987
Tercera edición: julio 1988
Cuarta edición: marzo 1990
Quinta edición: julio 1990
ISBN: 84-233-1335-2
Depósito legal: B. 31.598-1990
Composición: Fort, S.A. Rosellón, 33. 08029 Barcelona
Grabados: Reprocolor Llovet. Casanova, 155-159. 08036 Barcelona
Impreso por Grafos, S.A., Arte sobre papel. Sector C, calle D, n.º 36
(Zona Franca). 08040 Barcelona
Impreso en España - Printed in Spain

Munia y el
Cocolilo naranja

Munia tenía miedo a los cocodrilos, y tenía miedo de los cocodrilos desde que se le cayeron los dientes de delante. Un día se le cayó uno y, al poco, se le cayó el otro.

Munia fue donde papá.

– Papá, ya no tengo dientes –dijo Munia

– No te preocupes, hija. Los dientes se caen
y luego crecen otros nuevos.

Munia se sentó en su sillita verde pensando.

«Yo creo que eso no es verdad –pensaba Munia–.
No me convence.»

– Mamá, ¿me crecerán dientes nuevos?
–preguntó Munia a su madre.

– ¡Ay, Munia! ¡Qué cosas tienes! ¡Claro que sí!

Pero Munia se sentó en su sillita verde
con florecitas pintadas en el respaldo
y decidió que estaba segura que
a ELLA no le crecerían otros dientes,
y como se le caerían todos los demás,
pues sería toda la vida una desdentada.

Desde aquel día Munia empezó a soñar.
Soñaba que se abría la puerta de su habitación y

aparecían cocodrilos.

Muchísimos cocodrilos verdes que abrían sus enormes bocas llenas de dientes afilados y desiguales.

Eran tantos los cocodrilos, que no conseguían pasar por su puerta y se quedaban encajados en el marco, abriendo y cerrando sus grandes quijadas que sonaban a ruido de tijeras.

Munia se despertaba sudando y muy asustada hasta que,

una noche, soñó que entre los cocodrilos verdes
se deslizaba uno, chiquitín y de sorprendente color naranja.
El cocodrilo naranja se acercó a Munia diciendo:
– ¡Hola!
– ¿Quién eres tú? –dijo Munia
– Yo soy un Cocolilo.

– ¿Un Cocolilo? ¿Y qué es eso?
– Pues un cocodrilo naranja y sin dientes –y el Cocolilo abrió su boca y, efectivamente, no tenía ningún diente.
– Yo tampoco tengo –dijo Munia.

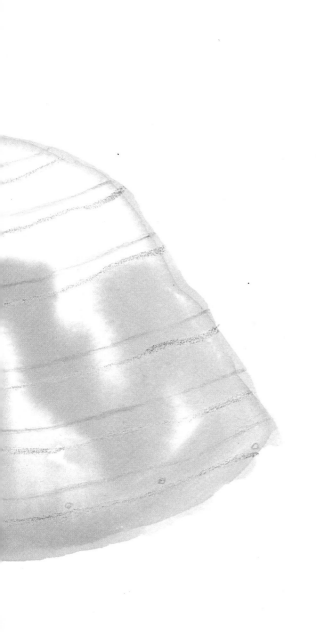

– Pero yo te defenderé –dijo el Cocolilo,
y se metió entre las sábanas al lado de Munia.
Los cocodrilos verdes, viendo a Munia tan acompañada,
se marcharon cerrando la puerta
de un furioso portazo.
Munia y el Cocolilo hablaron mucho rato

y luego se quedaron dormiditos sin miedo.
A la mañana siguiente, Munia se despertó y el Cocolilo ya no estaba.
Munia miró por debajo de la cama, pero no encontró a nadie.
La niña pasó un día muy feliz
y por la noche se metió en la cama tan contenta.
– ¿Ya no tienes miedo a los cocodrilos, Munia?
–le preguntó su mamá al acostarla.
– No. ¡Se acabó el miedo! –contestó Munia.
Esa noche volvió a aparecer en sueños el Cocolilo,
pero sin los verdes cocodrilos de las fauces dentadas.

– ¿Qué haremos si no nos crecen los dientes?

– Comeremos papillas.

– Y chicles.

– Y batidos de fresa.

– Pero nos morderán…

– No –decía el Cocolilo–, porque seremos tan simpáticos que todos nos querrán mucho.

– No tendrán ganas de mordernos…

– No.

El Cocolilo contaba muchas cosas. Venía de Egipto, que es un país muy lejano.

– En Egipto –decía– están las pirámides.

– Y, ¿qué son las pirámides?

– Son las tumbas de los faraones.

– ¿Qué son tumbas?

– Donde duermen los muertos.

– ¿Y los faraones?

– Faraones eran los reyes del antiguo Egipto. Hace miles de años. Yo vivo en el río Nilo, el más largo del mundo, cuyas orillas son tan fértiles y ricas que las semillas crecen grandísimas y todo verdea y florece de un golpe.

– En el Nilo echaron la cestita donde dormía Moisés, ¿verdad?

– Sí. Y la hermana del faraón lo recogió y lo adoptó como hijo.

– ¿Las aguas del Nilo son verdes?

– Depende de la luz. A veces son verdes, a veces rojas o azules, pero cuando el río baja crecido, arrastrando tierra, entonces es marrón oscuro y brilla bajo el sol. En sus aguas están sepultadas grandes estatuas de faraones, y yo las veo cuando me sumerjo en busca de comida.

– ¡Qué bonito! –decía Munia, y aplaudía.
Después se quedaba dormida abrazada al Cocolilo.
Así pasaban los días hasta que una noche,
cuando llegó el Cocolilo,
Munia le enseñó muy satisfecha un dientecito nuevo
que asomaba en su encía rosada.
También el Cocolilo abrió la boca y también él tenía dientes.
Seis nuevos dientes en fila.
– ¿Entonces era verdad? –preguntó Munia–, ¿los dientes crecen?
– Por lo visto –contestó el Cocolilo.
– ¡Qué bien! ¡Podremos comer filetes de carne!
A la mañana siguiente, al despertar, Munia vio a su lado al Cocolilo.
– ¿Todavía no te has ido?
– No. Es que quería despedirme.
Como ya tenemos dientes no tenemos problemas.
Tú no me necesitas y yo tengo a mi mariposa,
la que me quita los bichitos del lomo, esperándome en el Nilo.
Se dieron un fuerte abrazo la niña y el Cocolilo
y se dijeron adiós.

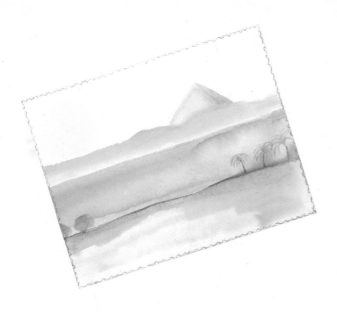

Al cabo de una semana Munia recibió una postal
que venía de Egipto y decía:
«Querida Munia:
No tengas miedo nunca más.
El Nilo está bellísimo y mi mariposa te manda recuerdos.
Besos, Cocolilo».
Y Munia nunca más tuvo miedo.

FIN

Soy Asun Balzola.
Desde muy pequeña me gustaba dibujar.
En el colegio pintarrajeaba todos mis libros y cuadernos
con gran desesperación de algunos profesores.
(Otros se morían de risa.)
De mayor empecé a escribir y a dibujar para niños.
He ganado la mar de premios:
el Lazarillo en 1965.
En 1981 el Premio Apel·les Mestres.
En 1985 el Premio Nacional de Ilustración
del Ministerio de Cultura por el libro
"Munia y la señora Piltronera".
También en 1985 me dieron la Manzana de Oro
de Bratislava por el libro
"Txitoen istorioak".
Y en 1987
el Premio Serra d'Or
y el de la Generalitat de Cataluña
por el libro "Marina".
Me gusta mucho mi trabajo.
Me gustan el mar, el campo, los helados en verano,
los animales, los lápices de colores y más cosas.
Me haría mucha ilusión que me escribierais
a Ediciones Destino
y que me contarais lo que pensáis de
los libros de Munia.

ALGUNAS VECES MUNIA